Au Révérend Père OLIVAINT

✠

BONUM
RTAMEN
CERTAVI

(II, Tim. IV, 7.)

ibre de l'Immaculée-Conception
de Vaugirard

896

SOUVENIR

DU

VINGT-CINQUIÈME ANNIVERSAIRE

de la captivité et de la mort

DU

R. P. OLIVAINT, S. J.

PARIS

J. MERSCH, IMPRIMEUR

4bis, AVENUE DE CHATILLON, 4bis

—

1896

LE R. P. OLIVAINT

(D'après la photographie.)

APOSTOLAT

Vaugirard (1852-1865).

Directeur de Congrégation, Professeur d'histoire, Préfet, Recteur.

ARRESTATION

4 avril 1871.

✠

MAZAS

13 avril-22 mai.

Je voudrais, si par impossible j'étais prêtre, devenir missionnaire ; et si j'étais missionnaire, être martyr. (*P. Olivaint à 18 ans, encore incrédule. — Vie*, p. 16.)

Le meilleur acte de charité que nous puissions faire, n'est-ce pas de donner notre vie pour l'amour de Jésus-Christ. (*P. Olivaint à un ami, le 4 avril 1871. — Vie*, p. 435.)

CONCIERGERIE

4-13 avril.

✠

LA ROQUETTE

22-26 mai.

MORT RUE HAXO

Le Vendredi 26 Mai.

Nous tenons à déclarer, conformement aux décrets d'Urbain VIII (1625, 1631 et 1634), que si, dans les pages suivantes, nous donnons au R. P. Olivaint et à ses compagnons les noms de saints ou de martyrs, c'est dans l'acception vulgaire de ces mots et non pour prévenir en quelque façon que ce soit les décisions du Saint-Siège, pour lequel nous professons la plus entière et la plus filiale soumission.

I

LES FÊTES

29 ET 30 AVRIL 1896

Les 29 et 30 avril 1896, à l'École.

Pour les esprits habitués à voir au fond des événements les causes qui les préparent, il est évident que les chefs de l'insurrection de 1871 poursuivaient d'une haine spéciale et raisonnée la religion et ses ministres. Aussi, lorsque les prêtres et les religieux furent tombés sous les balles, la voix populaire, guidée par un sûr instinct, appela les victimes du nom de *martyrs de la Commune*. Dieu a voulu plus d'une fois illustrer leur tombe par des faits merveilleux. Entre ces morts si chers à tous, le collège de Vaugirard devait à son ancien recteur, le R. P. Olivaint, un hommage particulier. Cet homme présente par sa vie l'union constante de l'âme et du devoir dans l'allégresse du sacrifice. Ceux qui l'ont connu, en ont gardé un bien vivant souvenir. Si leur estime était acquise à l'homme de haute intelligence, si leur admiration saluait l'homme de vaillante énergie, c'est qu'au travers de l'intelligence et de l'énergie, ils avaient vénéré le rayonnement de la sainteté.

Cette sainteté, en effet, a répandu son éclat sur un double champ d'action : Vaugirard, la Maison de la rue de Sèvres. Le premier, moins étendu, moins facile à la moisson, mais combien fécond ! Le second où l'activité élargie, le labeur plus éclatant, plus consolé, recueille avec plénitude la moisson apostolique.

A ce titre, et comme dépositaire des restes précieux de nos martyrs, la maison de la rue de Sèvres eût réclamé, avec raison, l'honneur de célébrer cet anniversaire; mais Vaugirard eût été privé de la joie de réunir, autour de leur Père, les enfants d'autrefois à ceux d'aujourd'hui, et de river, plus étroitement que jamais, la chaîne glorieuse de nos traditions.

A la Chambre des Martyrs.

Avant même qu'une voix éloquente pût rendre au P. Olivaint un suprême hommage, avant que les Académiciens d'Humanités pussent dérouler à nos yeux les épisodes de sa vie, de sa captivité et de sa mort, une voix plus puissante, la voix du sang, allait sortir du sanctuaire désigné sous le nom de Chambre des Martyrs. Le 29 avril, les élèves du collège furent admis, par groupes, à la visiter. Derrière une vitrine, sont exposés, sans faste, les objets teintés de sang qui ont suivi les martyrs jusque dans la mort. Voici le bréviaire du P. Olivaint; il le portait en allant au supplice : arraché de ses mains et jeté au feu, il est sauvé, à demi brûlé,

Chambre des Martyrs.

par un gardien. Ici, les instruments de sa rude pénitence, les cilices et les chaînes ; là, dans ce coin, le lit de sangle, la table grossière du cachot, le siège attaché par une chaîne ; plus loin, la soutane trouée, hachée par les balles ; prière, mortification, longue patience, don de soi jusqu'au sang, voilà l'éloquente prédication de ces muettes reliques.

La messe à la chapelle de la rue de Sèvres.

Le jeudi 30, un ciel joyeux favorisait notre pèlerinage. Quoique la cérémonie eût été fixée à une heure assez matinale, la foule était grande des parents de nos élèves et des invités de marque.

Quel cadre à la fois recueilli et imposant ! L'éclat des riches verrières inondait le chœur pavé de marbre rare : l'or de l'autel et les pierres précieuses des ornements étincelaient aux feux de réflecteurs ingénieusement disposés, et sous cette lumière, la fumée des encensoirs se balançait, enveloppant de nuages bleuâtres les colonnes et les arceaux gothiques, les contours de l'autel et les fines arabesques des grilles du sanctuaire. On a remarqué les files pressées et distribuées harmonieusement des quarante-six enfants de chœur. L'impression d'ensemble était ravissante ; on saisissait mieux à quel point la pompe extérieure des cérémonies de l'Église peut contribuer à recueillir l'imagination et les sens sous la domination de la piété.

Ainsi disposées, les âmes devaient entrer avec plus de facilité dans la pensée du R. P. Matignon. L'orateur si apprécié du Paris cultivé et instruit, a charmé son

Sanctuaire de l'Église du Gesu.

jeune auditoire, l'a saisi et, mieux encore, lui a imposé de fortes leçons. Il appliqua au P. Olivaint le texte de la sainte Écriture : *Hilarem datorem diligit Deus,* en montrant là, dans la vie comme dans la mort, la caractéristique du P. Olivaint, c'est-à-dire le don persévérant et joyeux de soi-même à Dieu et aux hommes, par le travail, par la pénitence, par l'apostolat, par le sacrifice de la vie.

La musique du collège a fait entendre la messe du Sacré-Cœur, de Gounod. Sous les voûtes profondes du Gesù, les voix de nos enfants, soutenues par l'orchestre de la maison, produisaient l'effet le plus délicieux. Aussi cette messe, remarquable par le sentiment de piété qui l'a inspirée et qu'elle traduit si bien, a-t-elle été fort goûtée.

Le banquet.

Dans la petite salle des séances qui avait entendu tant de fois la vibrante parole du P. Olivaint, des inscriptions redisaient, çà et là, les étapes de sa carrière, de sa captivité et de sa mort.

Au milieu de l'élégante et sobre ornementation, le buste du P. Olivaint se détachait blanc sur un massif de verdure. Il présidait à cette fête, ceux qu'il avait autrefois nommé ses enfants. Le R. P. Cerceau, dans un discours fréquemment applaudi, appliqua avec bonheur et délicatesse aux anciens de Vaugirard les propres paroles du P. Olivaint.

« Le R. P. Olivaint, prononçant l'oraison funèbre du vénérable fondateur de Vaugirard, attestait que « par-

LE P. OLIVAINT.

Buste en marbre par André Schœnewerk.
Propriété de la Conférence Olivaint.

« tout où il trouvait les élèves de M. l'abbé Poiloup, il « avait le bonheur de reconnaître en eux des catholi- « ques dévoués, des prêtres zélés, des hommes de « devoir, d'excellents pères de famille. »

« Depuis plus de trente ans ces mêmes paroles n'ont pas cessé de se vérifier, et je puis les redire aujourd'hui en changeant un mot, à l'honneur de celui qui fut, après M. Poiloup, l'âme de ce collège, à l'honneur de ceux qui furent comme vous, Messieurs, *ses chers enfants*.

« Oui, aujourd'hui, nous pouvons affirmer, et nous en sommes fiers, que partout où nous rencontrons des élèves du R. P. Olivaint, nous reconnaissons en eux d'excellents pères de famille, des prêtres zélés, des catholiques aussi vaillants que dévoués.

« Cet éloge si bien justifié par votre vie tout entière, ce n'est pas moi qui vous l'adresse : il me semble qu'il vient du ciel, et que de là-haut votre glorieux Père nous dit en vous montrant : « Voilà bien mes enfants de « Vaugirard ; ce sont bien mes vrais fils ; ils sont tels « que je les voulais ! »

« Votre présence ici, à cette fête de famille, et en quelque sorte sous le regard du R. P. Olivaint, prouve une fois de plus que vous n'avez point oublié les leçons de ce maître vénéré, et que vous gardez à sa mémoire le plus filial et le plus religieux souvenir.

« Mais ce qui le prouve mieux encore, c'est votre inviolable attachement, votre dévouement de chaque jour pour l'œuvre du P. Olivaint dans ce collège.

« Messieurs, nous ne pouvons pas oublier, nous les frères du P. Olivaint, si souvent entourés de vos généreuses sympathies, nous ne pouvons pas oublier et nous n'oublierons jamais que si Vaugirard est encore debout, si malgré toutes les difficultés des temps que nous traversons, Vaugirard a pu compter cette année dans ses murs plus de cinq cents élèves, si l'esprit et les traditions de Vaugirard sont encore aujourd'hui l'esprit et les traditions des anciens jours, si en un mot Vaugirard est toujours Vaugirard, le Vaugirard du P. Olivaint, c'est à vous qu'il le doit ! — Assurément tous nos anciens ont donné à leur cher collège, dans ces dernières années, bien des témoignages d'affection et de dévouement, et à tous nous gardons une vive et sincère reconnaissance.

« Mais vous savez comme moi, que parmi tant de vrais amis prêts à se dévouer pour Vaugirard, les enfants du P. Olivaint ont toujours été et sont encore au premier rang.

« Il est encore vivant dans tous les cœurs le douloureux souvenir de celui que nous avons perdu l'année dernière, Michel Cornudet, qui avait été au collège l'un des plus chers enfants du P. Olivaint, et dont le nom rappellera toujours aux générations de l'avenir une des gloires les plus pures de l'École de l'Immaculée-Conception. Comment pourrions-nous oublier cet homme au jugement si droit, au cœur si généreux, au dévouement si infatigable, dont l'abord était si plein de charmes et d'amabilité, et qui mettait (c'était son bonheur) tant de brillantes qualités au service de toutes les causes catholiques, de toutes les bonnes œuvres et tout particulièrement au service de son vieux collège qu'il aimait tant. Aussi elle vivra toujours à Vaugirard la mémoire bénie de Michel Cornudet !

« Et celui qui le remplace aujourd'hui avec tant de sagesse et de dévouement dans la charge de président du Conseil d'administration (1), n'est-il pas, lui aussi, un vrai fils du P. Olivaint? c'est-à-dire un homme de devoir et de sacrifice, c'est-à-dire un homme de foi qui n'a jamais en vue que les intérêts supérieurs de la gloire de Dieu, et la plus grande prospérité de notre chère école.

« Pardonnez-moi, mon cher Président, de ménager si peu en ce moment votre humilité, mais je devais vous dire ici, au nom de la Compagnie de Jésus, au nom de tous ceux qui aiment Vaugirard, combien sont sincères et profonds nos sentiments de reconnaissance et de respectueuse affection.

« Je viens de parler des anciens de Vaugirard, des vieux... Je ne veux point oublier les jeunes, les jeunes gens de la rue de Sèvres (on doit dire aujourd'hui de la rue des Saints-Pères), membres de cette pieuse et savante réunion qui s'appelle la Conférence Olivaint, représentée ici par ses premiers dignitaires.

« Vous aussi, chers amis, vous êtes restés fidèles aux enseignements de celui qui a donné son nom à votre Société : vous êtes restés fidèles au programme que le P. Olivaint traçait aux jeunes gens de votre âge, quand il leur disait : « Quelle que soit votre carrière, c'est « pour vous un devoir rigoureux de faire quelque chose, « et si vous avez du cœur, ce sera quelque chose de « grand, de noble, de généreux, quelque chose digne « de vous, de vos familles, quelque chose qui réponde « à l'attente de l'Église et de la Patrie. »

1. M. Édouard Lefébure.

« Plus que jamais, chers amis, ce conseil est opportun : vous l'avez généreusement suivi jusqu'ici, vous le suivrez, j'en suis sûr, jusqu'à la fin. Non, vous ne tromperez pas les espérances qui reposent sur vous. Bientôt, demain peut-être, l'Église et la France feront appel à votre vaillante jeunesse, et vous répondrez : « Nous « voici. »

« Je termine, Messieurs, en rappelant à tous, aux vieux comme aux jeunes, la belle et fortifiante devise du P. Olivaint : « Courage et confiance ! »

« Oui, courage et confiance, malgré tout, malgré les difficultés de l'heure présente et les incertitudes de l'avenir, malgré les faiblesses et les défections qui nous affligent, malgré les haines et les colères qui nous menacent, malgré l'enfer et toutes ses puissances ! Courage et confiance, puisque tous ici nous faisons l'œuvre de Dieu, puisque nous sommes du parti de Dieu et de sa sainte Église contre laquelle les puissances ennemies ne prévaudront pas : *non prevalebunt.*

« Courage et confiance, puisque les cœurs généreux, prêts à tous les dévouements et à tous les sacrifices, ne manquent pas dans nos rangs ! puisque nous comptons tant d'amis fidèles autour de nous, sur la terre, au-dessus de nous dans le ciel.

« Courage et confiance, puisque bientôt, il faut l'espérer, nous pourrons, quand l'Église aura parlé, invoquer comme notre protecteur et notre modèle celui que nous avons aimé sur la terre comme notre père et notre maître, Pierre Olivaint ! »

M. Louchet, l'éminent jurisconsulte, ancien élève de

M. l'abbé Poiloup et du P. Olivaint, prit alors la parole :

« Mon Révérend Père,

« Au nom des anciens élèves de Vaugirard, je vous remercie profondément des paroles que vous avez bien voulu leur adresser. Je n'ai d'autre titre, pour le faire, que le privilège peu enviable d'appartenir par mon âge aux plus anciennes générations de ce collège ; je suis sûr néanmoins d'être leur fidèle interprète en vous assurant des sentiments d'inaltérable dévouement et d'affectueuse gratitude qu'ils gardent à leurs anciens maîtres, et qu'ils étendent, s'il veut bien le permettre, à l'homme éminent qui préside, avec tant de sagesse, de compétence et d'expérience, aux destinées de cette maison (1).

« Si, lorsque les mauvais jours sont venus, ils ont pu, comme il vous a plu de le dire, contribuer à sauver ce collège, ils n'ont fait qu'acquitter une dette d'impérissable reconnaissance ; et c'est avec bonheur qu'ils retrouvent toujours, sous ce toit hospitalier qui abrita leur enfance, dans l'exercice fécond de sa vocation enseignante, cette illustre Compagnie qui, suivant la grande parole de Bossuet, ne porte pas en vain le nom de Jésus.

« Qui a mieux mérité ce magnifique éloge que le grand et saint religieux, dont la mémoire nous rassemble aujourd'hui et qui demeurera à jamais la gloire la plus éclatante et la plus pure de Vaugirard ? Ses héroï-

1. M. Emmanuel Fournier, directeur de l'École.

ques vertus ont été célébrées ce matin, comme il convenait, du haut de la chaire chrétienne, dans l'église qui renferme son tombeau ; qu'il soit permis également à ceux qui ont été directement ses élèves et dont les rangs ne sont que trop éclaircis, d'apporter ici leur humble témoignage, avec l'expression de souvenirs qui se réveillent avec plus de vivacité dans nos cœurs à mesure qu'ils s'enfoncent dans la perspective d'un passé déjà si lointain.

« A travers les embellissements et les agrandissements de cette maison, nous retrouvons sans peine le vieux et modeste Vaugirard de notre enfance, celui que nous avons habité, et dans ce cadre familier il nous semble revoir encore le P. Olivaint, qui le remplissait tout entier. Voici, à l'une des extrémités de ce long corridor,

matin et soir parcouru dans les rangs, la chambre du Père Préfet, dont nous avons si souvent franchi le seuil, non parfois sans quelque battement de cœur, et où nous étions sûrs de rencontrer un accueil si paternel et si ferme en même temps. Le buste que j'ai en face de moi évoque devant nos yeux les traits irréguliers, mais saisissants, de son visage amaigri par les austérités et tout illuminé de la flamme de l'amour divin. Dans cette salle, où nous sommes réunis et qui était alors celle des fêtes, que de fois, aux grands jours, n'avons-nous pas entendu sa parole entraînante! et ces murs ne font-ils pas encore résonner à nos oreilles comme un écho de ce mâle langage, si doux et si fort, si tendre et si viril, où respirait déjà toute l'ardeur du martyr qui devait couronner une si belle vie par une mort plus belle encore?

« Je vous demande pardon de me laisser aller à l'émotion de ces souvenirs qui nous sont communs : heureux si nous avons pu ne pas nous montrer trop indignes de tels enseignements! Heureux s'il nous est donné de vivre assez pour voir l'Église placer sur ses autels et offrir à la vénération des fidèles le maître incomparable qui forma notre jeunesse! »

La Séance.

A 2 heures et demie, les Académiciens d'Humanités ont retracé dans leur séance littéraire la vie de notre ancien Recteur. Son Éminence le cardinal Richard avait bien voulu, malgré les occupations absorbantes de la visite pastorale, présider cette fête, donnant ainsi à la mémoire du R. P. Olivaint un témoignage public de vénération, et à notre collège une nouvelle marque de sa paternelle bienveillance. Nos enfants ont montré les trois périodes, si fécondes en enseignement pour nous, de la carrière du P. Olivaint. Jeune homme, Pierre trouve la foi chrétienne dans le milieu sceptique et incroyant de l'École Normale. Devenu aussitôt apôtre, il fonde à l'École, avec quelques amis, ce groupe des catholiques, d'où sont sortis, depuis, tant et de si fidèles serviteurs de l'Église. Il est un des membres les plus actifs des Conférences de Saint-Vincent de Paul, alors à leurs débuts. Religieux, Préfet des études, puis Recteur du Collège de l'Immaculée-Conception, le P. Olivaint donne un merveilleux développement aux jeux et aux études dans notre collège, que ses anciens maîtres avaient déjà rendu un des premiers de Paris.

Supérieur de la maison du Gesù, il reçoit, pour toute une vie d'héroïsme, la plus belle récompense que puisse ambitionner un apôtre : la captivité pour la foi, le martyre du sang après celui du labeur et de la pénitence.

Deux des anciens maîtres de Vaugirard, dont les beaux vers ont tant de fois été couverts d'applaudissements sur notre scène, avaient bien voulu apporter leur contribution à notre fête ; le R. P. Longhaye, par une pièce de vers français de la plus haute inspiration sur l' « *Eucharistie et les otages* » ; le R. P. Delaporte, par un gracieux à-propos en deux tableaux pleins de délicates allusions à l'ancien Vaugirard.

Nous aurions voulu signaler quelques-uns des travaux les plus intéressants, mais comment choisir dans un ensemble qui, malgré la jeunesse et l'inexpérience des auteurs, a réussi à soutenir l'attention générale par la variété du ton, le sérieux du fond, et parfois la vigueur du débit.

L'orchestre a su plaire à chacun : Les amateurs les plus sérieux ont pu se réjouir en entendant l'ouverture du *Freischütz* de Weber, et l'*Entr'acte-Sevillana* de M. Massenet, extrait de *Don César de Bazan*. Les élèves, de leur côté, ont bien montré ce qu'ils pensaient de l'ouverture de *Martha* et surtout de la *Marche Lorraine* de M. Ganne, si brillamment enlevée par nos musiciens.

Enfin, la journée commencée au tombeau des martyrs, se termina par le salut solennel qui ouvrait les exercices du mois de Marie.

Le R. P. Flamérion fit ressortir l'heureuse coïncidence qui réunissait le déclin d'une fête pleine d'enseignements virils et forts, à l'aurore du mois consacré spécialement à celle que l'Église appelle la *Reine des martyrs*. Partant de ce fait attesté par la Providence de Dieu sur son Église que le témoignage de la parole ne suffit pas pour enseigner la foi chrétienne, mais qu'il doit être complété et rendu efficace par le témoignage du sang, il montra l'apostolat du P. Olivaint en harmonie avec cette loi providentielle. Au milieu de ce Paris livré à tant d'idolâtries, sa parole jaillissait claire, ardente, incisive, mais réglée par la charité. Obéissant à la logique inexorable de la Croix, il pensait n'être assez le ministre d'un Dieu crucifié, que s'il se tenait prêt à donner son sang librement, généreusement, pour rendre un suprême témoignage à la vérité. Ainsi le P. Olivaint nous enseigne-t-il à rendre nous-mêmes témoignage, sinon par le sang, du moins par la fermeté de nos convictions et de notre foi, par une conduite pleine de vigueur chrétienne sous l'empire de la grande loi du sacrifice.

Programme de la Séance

Séance littéraire, dramatique et musicale, donnée par les Académiciens d'Humanités en l'honneur du R. P. OLIVAINT, *à l'occasion du 25e anniversaire de sa Captivité et de sa Mort, le* **30 Avril 1896**, *à 2 heures et demie.*

LE P. OLIVAINT

Freischütz (*Robin des Bois*). Ouverture . . . . . . WEBER.
Prologue. . . Augustin LEDIEU, 1er *conseiller,* 1re *section.*

PREMIÈRE PARTIE

Le Jeune Homme

1. **A l'École Normale en 1836** : Paul BERNARD, 1er *conseiller,* 2e *section.* — 2. **L'Homme d'Œuvres** : Joseph RIBOUL, *Président,* 1re *section.* — 3. **Le Jeune Homme chrétien**, d'après le P. Olivaint, *lettre latine* : Louis DOAT, 2e *conseiller,* 2e *section.*

Marche Lorraine (vieilles chansons lorraines). M. L. GANNE.

SECONDE PARTIE

Le Recteur de Vaugirard

1. **Vaugirard avant le P. Olivaint et sous son Gouvernement.** (Dialogue français entre anciens élèves de diverses générations), par Arthur de Sansal, *Secrétaire, 2e section,* et Augustin Ledieu.

Personnages du Dialogue :

Augustin Ledieu.	Christian Burdo, *Prés., 2e sect.*
Albert Burgaud, *Secr., 1re sect.*	Arthur de Sansal.
Charles Durand-Auzias.	Henri Lerebours.
Joseph Riboul.	Alexandre Étienne.

2. **La Campagne des Moulineaux**, vers latins : Alexandre Étienne.

Don César de Bazan. Entr'acte-Sevillana . . M. Massenet.

TROISIÈME PARTIE

La Victime

1. **En Prison** : Pierre Durnerin et Maurice de Bremond d'Ars. — 2. **Le Sacrifice**, narration française : Christian Burdo. — 3. **Épilogue. L'Eucharistie et les Otages**, *vers français,* par le R. P. G. Longhaye, S. J., dits par E. Lavech de Chancy, M. de Bremond d'Ars, Louis Doat, Albert Burgaud.

Martha. Ouverture . . . . Flotow.

DÉCLAMATION FINALE

PIERRE OLIVAINT

A-propos en deux tableaux et en vers

Par le R. P. M.-V. DELAPORTE, S. J. (*4 Avril — 28 Mai 1871*).

Personnages :

Pierre Olivaint, *Prêtre et Jésuite*.	Christian BURDO.
Le Colonel N*** *de l'armée de Versailles*	Augustin LEDIEU.
Le Lt Henry de L***, *ancien élève de Vaugirard*	Maurice LASNIER.
André, *son frère* :	Arthur de SANSAL.
Le Citoyen Marcel, *membre de la Commune*	Louis DOAT.
Un Ouvrier.	Charles DURAND-AUZIAS.
Un Commandant de fédérés du 83e.	Pierre LAMY.
Un Fédéré	Émile LAVECH DE CHANCY.
Fédérés.	Léon ANTOINE. Joseph RIBOUL. Henri LEBBOURS.
Soldats de l'Armée de Versailles.	Jacques DE LAFORCADE. Maurice DE BREMOND D'ARS.

Premier Tableau (4 Avril). — La scène est rue de Sèvres devant le portail de l'église du Gesù.

Second Tableau (28 Mai). — La scène est à un angle de la rue des Tourelles, tout près de la rue Haxo.

(Tiré des *Méditations sur l'Evangile* du P. Natal, S. J. 1574-79.)

ÉPILOGUE DE LA SÉANCE

L'EUCHARISTIE ET LES OTAGES

Par le R. P. LONGHAYE, S. J.

I

LA CELLULE

Aux rougeurs de la flamme, aux éclats du canon,
Que fait-il, verrouillé dans l'étroit cabanon
Cet innocent proscrit, cet otage, ce prêtre?
Dans une angoisse morne, il s'abîme peut-être.
Il sent le péril croître, il voit la mort paraître,
Et devant le fantôme, il est seul... — Eh bien! non,
Non, geôliers. Un ami qui n'est point de la terre,
Un ami, le premier de tous et le dernier,

Illumine et remplit le cachot solitaire :
Avec son serviteur, le Christ est prisonnier.
Mais, qui l'a vu passer, le visiteur céleste?
Vous-mêmes, pensiez-vous lui frayer les chemins?
Il est là cependant, il y trône, il y reste,
Invisible à vos yeux, apporté par vos mains.
Quand se joue au dehors la suprême partie,
Le prêtre est à genoux devant la frêle hostie;
Dans ces longs entretiens, dans ce long cœur-à-cœur,
A la source divine il trempe sa vigueur.
Parfois sent-il frémir la nature oppressée
Et la vague épouvante effleurer sa pensée :
Il écarte d'un mot le fantôme hideux,
Et dit en souriant : « Maître, nous serons deux. »

II

L'APPEL

Quels noms ont résonné dans le corridor sombre?
Tous les fronts ont blêmi; les cœurs ne battent plus.
Écoutez! C'est la mort convoquant ses élus.
Qui de nous en sera? Qui de nous fera nombre?...
— Ils ont nommé le prêtre, et lui s'attarde encor.
Dans ses doigts consacrés, il tient son cher trésor.
« Elle est venue enfin l'heure sainte et sévère;
Eh bien! partons ensemble et montons au Calvaire,
O parcelle adorée où mon Dieu se voila! »
C'en est fait. Le martyr a pris son viatique,
Et, portant dans les yeux la flamme eucharistique,
Au bourreau qui s'étonne, il répond : « Nous voilà! »

III

LE CORTÈGE

O France, tu souris de la foi de tes pères!
Pourtant, qu'ils étaient beaux, en des jours plus prospères,
Ces cortèges sacrés déroulés en tout lieu,
Quand se levait sur toi la grande Fête-Dieu.
Tentures et festons enguirlandant les rues,
L'essaim bariolé des foules accourues,
Les bannières de paix aux riantes couleurs,
Le nuage d'encens, l'avalanche de fleurs...
Parmi les carillons, parmi les chants austères,
Parmi les chauds appels des clairons militaires,
Jésus, le Dieu caché qui vit au Sacrement,
Sous le dais magnifique avançait lentement,
Comme un roi bien-aimé parcourt sa bonne ville.
Pompe religieuse, et guerrière et civile!
En chevalier fidèle escortant son Seigneur,
Le fer n'étincelait que pour lui rendre honneur.
Et les fronts inclinés saluaient le doux Maître,
Et les cœurs s'unissaient en le voyant paraître
Dans un cri de foi fière et de viril amour.
— Fête-Dieu, Fête-Dieu, qu'il était beau ce jour!
. . . .

Et maintenant, je vois une tourbe hurlante
Gravir à pas fiévreux la colline sanglante.
Je vois sous le soleil briller et tressaillir
Des armes, d'où bientôt le meurtre va jaillir.

J'entends les cris de mort, j'entends l'immonde outrage,
Le blasphème odieux se mêlant avec rage
Au fracas du combat qui s'approche et grandit.
Où vont ces forcenés sous leur drapeau maudit,
Sous le rouge haillon que la patrie abhorre?
Quel stupide forfait reste à commettre encore,
Lâcheté de la haine, aveu du désespoir?
Emportés dans le flot de l'impure milice,
Je vois des condamnés qui marchent au supplice;
Troupeau, bétail humain, qu'on pousse à l'abattoir.
Satan, voilà ta fête, et voilà ton cortège.
O France, où donc a fui le Dieu qui te protège?

. . . .

Mais non! le Dieu des Francs jamais ne déserta...
Le Christ est devant vous, il monte au Golgotha.
Ce prêtre qu'on honnit, qu'on raille, qu'on blasphème,
Qui marche recueilli dans un calme suprême
Et tel que nos aînés le voyaient ici-même,
Aux jours de Fête-Dieu, quand descendait le soir,
A travers nos jardins, promener l'ostensoir,
Il le porte aujourd'hui dans sa mâle poitrine,
Le maître dont sa bouche enseigna la doctrine.
Il vous semble que Dieu s'est retiré de nous?
Non; le voilà qui passe. A genoux, à genoux!

. . . .

Et les anges savaient ce qu'ignorait la terre.
Voilés comme leur Dieu dans la nuit du mystère,
Ils escortaient le prêtre, ils enviaient le sort
De l'ostensoir vivant qu'allait briser la mort.

Lieu du massacre, cité Vincennes, rue Haxo.

IV

LE TERME

Les captifs sont parqués dans l'enclos funéraire.
— Encore un peu de temps, Père, et tout va finir...
Ah ! de ton saint repos ce n'est point te distraire :
Laisse-toi visiter par un cher souvenir.
Là-bas, à l'occident de la ville enflammée,
C'est ton vieux Vaugirard, c'est ta demeure aimée.
Qu'un mot, qu'un vœu du cœur aille encor la bénir.

Un coup part, le drame commence ;
Tout se rue au carnage immense.
Le meurtrier pris de démence

N'est plus qu'un fauve rugissant.
Heure de honte ! heure de sang !

Acres vapeurs qu'un feu sillonne,
Bourreaux que l'enfer aiguillonne,
Ronde affreuse qui tourbillonne
Autour du groupe décroissant...
Heure de honte ! heure de sang !

Derniers vivants que l'on foudroie ;
Morts que l'on foule, que l'on broie,
Adieu de la brute à sa proie,
Du fratricide à l'innocent,
Heure de honte ! heure de sang !

Et que se passe-t-il dans l'âme agonisante ?
Devant son Dieu présent, devant la mort présente,
Quel flux et quel reflux d'assurance et d'effroi !
Quand la ronde infernale autour d'elle voltige ;
Quand tout flotte, emporté dans un sanglant vertige,
Quels cris passionnés de désir et de foi !
« O vous pour qui je souffre, ami, Dieu, frère, maître,
Quand viendra le bonheur ? Quand allez-vous paraître ?
Invisible beauté que je recèle en moi ?...

Un dernier coup, le voile tombe.
Jetez le cadavre à la tombe ;
L'âme est libre, elle voit enfin.
Il est là, devant elle, éblouissant de gloire,
Celui qu'elle adorait au sacrement divin,
Et pour l'Éternité, l'âme a crié : « Victoire ! »

MUR DU MASSACRE.

Ouverture de la fosse où les corps des otages furent jetés et demeurèrent trois jours. — Plaque commémorative.

II

DISCOURS

DU

R. P. MATIGNON

PRONONCÉ A L'ÉGLISE DU GESÙ

Le 30 Avril 1896

ÉGLISE DU GESÙ.

33, rue de Sèvres.

II

DISCOURS DU R. P. MATIGNON, S. J.

LE P. OLIVAINT

Hilarem datorem diligit Deus.

Dieu aime celui qui donne avec joie.
(II Cor., IX, 7.)

MES CHERS ENFANTS,

Quel est le sens de cette solennité? Venez-vous, à l'occasion de ce vingt-cinquième anniversaire, prévenir le jugement de l'Église, en égalant le P. Olivaint aux martyrs dont elle proclame la gloire? A Dieu ne plaise que nous entachions sa cause d'un vice qui la compromettrait à jamais! Nos intentions sont bien différentes. Nous venons retremper notre courage en nous rappelant cette grande âme, remercier Dieu des exemples d'héroïsme qu'elle nous a laissés, et en même temps le supplier de faire triompher sa mémoire au sacré tribunal chargé de prononcer sur elle. Il ne nous est point interdit d'appeler de nos vœux l'heure où nous aurons le droit de lui décerner un culte public; cette heure, nous la pouvons hâter par la ferveur de nos prières; et c'est pour leur imprimer un nouvel élan qu'on m'a demandé de faire revivre devant vous cette douce et sympathique physionomie. Ancien compagnon d'armes de celui qui fut le père de vos devanciers, on a pensé que je n'aurais qu'à puiser dans mes souvenirs pour lui restituer son véritable caractère. Je le trouve exprimé tout entier dans le mot qui m'a servi de texte. Car s'il a beaucoup donné à Dieu, ç'a été constamment avec cet entrain, cette générosité qui formait le fond de sa nature; si de tout ce qu'il avait et de tout ce qu'il était, rien n'a été épargné pour la gloire de son Maître, l'offrande s'est doublée de cette bonne grâce, de cette joyeuse humeur dont il assaisonnait toutes choses. Le P. Olivaint, c'est l'homme qui s'immole gaiement, *Hilarem datorem;* c'est pour cela sans doute que Dieu l'a aimé plus que d'autres et l'a admis à l'insigne honneur de sceller sa foi de son sang. A mesure que nous regardons plus avant dans cette vie, nous y découvrons plus clairement une sorte de prédestination lointaine au glorieux dénouement qui l'a couronnée.

Vous pourriez croire que le martyre n'est parfois qu'un fait inattendu, résultant de circonstances pour ainsi dire fortuites et exceptionnelles. J'ignore s'il en a été ainsi pour d'autres; quant à celui dont je m'occupe, son sacrifice a été offert sur un autel depuis longtemps érigé au fond de son âme; il répondait à des aspirations de date ancienne et qui n'avaient fait que grandir dans le cours des années. C'est dire que la victime avait été marquée au front de bonne heure, et que Dieu, qui se l'était réservée, lui mettait au cœur une soif d'immolation toujours croissante. La grâce finale n'en conserve pas moins son caractère absolument gratuit; mais elle a été l'objet d'appels multiples de la part de Pierre Olivaint; c'est sur ces appels si nombreux et si forts que je voudrais fixer en ce moment l'attention de tous.

I.

L'enfance de Pierre n'avait pas reçu une empreinte religieuse assez puissante pour résister longtemps au contact de l'incrédulité. Au sortir du collège Charlemagne, il n'est déjà plus chrétien; ce qui veut dire non pas seulement que la prière n'a plus de place dans sa vie, mais que sa foi même a sombré dans cette tourmente de scepticisme et d'indifférence dont la France était alors agitée. Chose étonnante, il n'est pas croyant et déjà il écrit : « Si par impossible j'étais prêtre, je voudrais être missionnaire; et si j'étais missionnaire, je voudrais être martyr (1). » Qui peut lui inspirer un pareil sentiment? Est-ce intuition providentielle et comme divination du lointain avenir? Ou plutôt n'est-ce pas une première révélation des ressources cachées dans cette mâle nature? Parce que la lumière lui manque, il marche à tâtons, cherchant sa voie, comme autrefois le jeune Augustin; son âme vide de vérité est ouverte à toute doctrine qui semble lui promettre quelque chose de grand; plus d'une fois il se trompe sur la route à suivre; mais dans la variété même de ses erreurs se manifeste une magnifique unité qu'il constate en ces termes : « Quand je m'interroge sur toutes ces opinions et passions diverses que j'ai traversées depuis sept ans, je ne sais si je me fais illusion par orgueil, mais il me semble qu'un mot les explique toutes et les concilie, celui de dévouement. »

« Le dévouement, ajoute-t-il, à plusieurs reprises, est ma passion » (2); « purifier son cœur pour travailler à la régénération de son pays », voilà son ambition et sa devise. Puisque telles sont ses dispositions intimes, ne pouvons-nous pas dire que, sans savoir où est la bonne cause, il lui est déjà tout acquis et qu'il lui appartient par le fond de ses entrailles? Qu'elle vienne seulement à se faire connaître, il la servira sans compter avec ses

1. *Vie*, p. 16.
2. *Vie*, p. 17.

propres intérêts ; il sera pour elle, ainsi que disaient ses amis, *le chevalier armé par Dieu;* ou, comme on le faisait remarquer, une sorte de *boulet qui va toujours jusqu'au fond des conséquences ?* (1)

C'est à travers les lumineuses conférences de Notre-Dame que la vérité du catholicisme commence à lui apparaître. Il a été porter ses confidences au P. de Ravignan. Quant au P. Lacordaire, il l'a séduit et, sans compter avec le devoir filial, Pierre se sent prêt à tout quitter pour le suivre ; car il s'écrie : « Dieu le premier, notre mère après ! » Et pourtant, cette mère il l'aime tant qu'il serait *prêt à donner pour elle sa vie, sans même examiner s'il n'y a pas d'autre moyen de la secourir.* Ce n'est pas votre vie, ô Pierre, que le Ciel vous demande en ce moment pour elle, mais l'ajournement de vos désirs. D'ailleurs, votre élan généreux vous trompe ; ceux qui vous connaissent le mieux assurent que ce n'est pas sous la robe du Frère-Prêcheur que Dieu vous veut, mais bien sous le drapeau d'Ignace.

Il sent vivement le sacrifice que lui imposent ces retards obligatoires, et sa consolation en attendant, ce sont les œuvres d'apostolat laïque ; la Conférence de Saint-Médard composée presque exclusivement de Normaliens et de Polytechniciens ; une autre réunion pleine de zèle, où il fait à lui

1. *Vie,* p. 49.

seul autant que tous, si bien que le rapporteur hebdomadaire déclare, qu'Olivaint absent, il est déchargé de la moitié de sa besogne. Non content de ce double théâtre, il fonde une nouvelle Conférence sur la paroisse de Saint-Vincent de Paul, comme il en établira bientôt d'autres à Grenoble et à Montmirail ; de plus chaque dimanche matin il est à la table sainte en quelque paroisse de banlieue, avec un groupe d'amis fervents ; nobles pionniers venus là pour frayer aux hommes une voie longtemps obstruée par les broussailles du respect humain, et qui semblent crier à tous : « Prenez courage ; la victoire qui triomphe du monde c'est notre foi : *Hæc est victoria quæ vincit mundum fides nostra.* »

Cependant au noviciat de la Compagnie de Jésus régnait une attente mêlée d'impatience. Olivaint nous était annoncé ; nous aspirions au bonheur de le voir prendre rang dans notre modeste phalange. Quel motif avait décidément orienté sa vie de ce côté ? N'en cherchez point d'autre que cet *attrait des persécutions* signalé par un autre Normalien qui allait bientôt suivre la même route. C'était l'heure où l'existence de l'Institut était menacée en France ; donc, concluait Olivaint, *c'est le poste à tenir puisqu'il est si fortement attaqué* (1). « La haine dont les Jésuites sont l'objet, poursuit-

1. *Vie*, p. 191.

il, loin de m'effrayer, excite mon ambition et mon courage (1); » grande et belle nature du soldat qui va droit au canon quand il l'entend gronder; vrai disciple de Jésus-Christ qui a retenu la parole évangélique: « Estimez-vous heureux quand les hommes vous détesteront, quand ils diront de vous toute sorte de mal à cause de moi; c'est alors qu'il faut vous réjouir et tressaillir d'allégresse, parce que votre récompense au ciel sera magnifique. » Cette fascination du péril que les grandes âmes comprennent a dissipé tous ses doutes. « Je n'hésite plus, s'écrie-t-il, M. Thiers m'a indiqué mon chemin »; puis encore : « Vive la Compagnie de Jésus! c'est le moment d'y entrer quand elle s'en va (2). »

On était, en effet, à la veille des fameuses interpellations de 1845 et l'orage allait fondre sur le petit troupeau. Au milieu de ces tristes pressentiments, ce fut une joie que l'arrivée du jeune universitaire, lauréat des anciens jours; reçu le premier à l'agrégation d'histoire et professeur au lycée de Grenoble, il avait devant lui une brillante carrière. Mais non, le futur pauvre du Christ a brisé son avenir; il lui suffit d'avoir assuré à la mère qu'il laisse dans le monde le nécessaire : quant à lui, ses liens sont rompus et l'usage qu'il fait de sa liberté est de se constituer captif. A

1. *Vie*, p. 192.
2. *Vie*, p. 204.

peine a-t-il franchi le seuil de la vie religieuse que le voilà enseveli pour trente jours dans le tombeau des *Exercices,* où la chrysalide spirituelle, pour parler le langage de sainte Thérèse, va opérer son travail de mort et de résurrection. Là, après les purifications obligées, Jésus-Christ lui est apparu sous la figure d'un chef de guerre qui l'invite à le suivre, et le novice s'écrie : « Soldats du Christ, ayons cette gaieté et cette franchise qui sont comme les traits du caractère militaire (1). » Voilà sous l'uniforme le même entrain qu'il avait sous l'habit séculier. Vous reconnaissez l'*hilarem datorem,* celui qui donne largement et qui, par la joie qu'il y met, ajoute un nouveau prix à son offrande. Il appartient corps et âme au divin Capitaine, aspirant à se distinguer à son service, réclamant les postes les plus périlleux. « Je ne demande à Dieu qu'une chose, écrit-il, c'est de vivre et de mourir en combattant pour mon drapeau et la plus grande gloire de Notre-Seigneur (2). »

Il a trouvé une lettre de saint François de Borgia recommandant à ses frères le désir des persécutions, l'amour des souffrances, et cette lettre il la copie avec enthousiasme (3). Rien de plus opportun puisqu'au bout de quatre mois, une première expulsion vient lui apprendre qu'un enfant

1. *Vie*, p. 222.
2. *Vie*, p. 228.
3. *Vie*, p. 223.

de la Compagnie ne doit s'attacher à quoi que ce soit. Qu'importent après tout les changements de lieux, de personnes, si c'est Jésus qu'on cherche, si c'est lui seul qu'on aime?

Cette première période de la vie religieuse d'Olivaint renfermait en germe tout l'avenir. Dans les essais d'apostolat proposés à son zèle, c'était déjà l'ardeur, le désintéressement généreux des plus grands jours; dans la lutte contre sa nature frémissante et souvent rebelle, c'était une implacable énergie dissimulée sous un vernis de bonne humeur qui ne laissait pas soupçonner l'effort. Son cri de guerre est l'*agendo contra* de la contemplation du règne de Jésus-Christ. L'arme qu'il emprunte au divin Chef, c'est le glaive qui ne se borne pas à la défense, mais prend l'offensive contre la nature. Il ne le remet plus dans le fourreau et les âmes apprendront de lui à s'en servir. Que la difficulté morale l'étreigne, que la douleur physique le torture, ni l'une ni l'autre ne saurait entamer sa sérénité ni altérer son aimable enjoûment. Toutes les fibres du corps humain capables de souffrir semblaient parfois conspirer à qui lui infligerait un plus cruel supplice, jamais on ne l'a vu abattu ou découragé, et s'il cherchait parfois quelque dérivatif, c'était dans une plaisanterie inoffensive accompagnée d'un franc sourire. Ne faisait-il point déjà l'apprentissage du Calvaire qu'il était appelé à gravir?

Inutile de nous attarder aux préliminaires. Voyons-le tout de suite à sa véritable place.

II.

Sous les auspices de la loi de 1850, et sur l'appel d'un prêtre qui avait vieilli dans les services rendus à la jeunesse, l'École de l'Immaculée-Conception est née à Vaugirard. Olivaint qui prend une part active à ses débuts, va bientôt si bien s'identifier avec elle que, pendant près de quinze ans, l'histoire de l'un sera l'histoire de l'autre. Dans cet homme à forte trempe se trouvait le génie d'un éducateur. « Donne-moi ton fils, disait-il à un de ses amis, pour que j'en fasse un homme (1). » C'est toute la raison d'être de votre collège. Chargé dès la première heure d'exposer ce but dans un discours programme, Olivaint déclare que ce qu'il faut avant tout au pensionnat, c'est l'esprit de famille (2) ; le respect, sans doute ; mais celui qu'une douce familiarité tempère et qui rend l'honneur en se laissant aller à l'abandon. La confiance bannira la crainte ; toute timidité s'effacera devant le sentiment filial ; la soumission à la règle, loin d'accuser une faiblesse, sera un acte de force, car *obéir, c'est vouloir, et apprendre à vouloir c'est exercer la*

1. *Vie*, p. 301.
2. *Vie*, p. 258.

TOMBEAU DES PÈRES P. OLIVAINT, L. DUCOUDRAY, A. CLERC,
J. CAUBERT ET A. DE BENGY.

virilité. Ainsi se façonnent les caractères. Mais il importe en même temps de meubler l'esprit; l'homme ne peut sortir que de la rude discipline du travail. C'est illusion de prétendre enlever au labeur intellectuel toutes ses aspérités et ses épines. Y réussît-on qu'il faudrait plaindre l'adolescent de n'avoir pas été appris à lutter contre une tâche ardue; faute d'exercice, il arriverait désarmé et impropre aux combats de la vie.

Tels étaient les principes qui s'incarnèrent dans l'école de Vaugirard. Sous la puissante impulsion du P. Olivaint, lettres et sciences y fleurirent jusqu'à forcer l'admiration de juges éminents, en dépit des rivalités universitaires. C'est que le feu d'une sainte émulation était allumé dans les cœurs; c'est que dans chaque classe convertie en champ clos les vaillants se disputaient la palme, les timides eux-mêmes rougissaient de s'endormir. Au milieu de cette jeunesse ardente au jeu comme à l'étude, on peut dire que le Recteur se trouvait dans son cadre et dans son élément naturel. Une seule âme informait le grand corps; un seul souffle animait les dévouements, inspirait les courages. Toute cette prospérité d'une période plus que décennale découle d'une même source, remonte à la même origine; non pas que la main qui dirigeait le mouvement parût sans cesse à découvert; au contraire, elle se dissimulait le plus souvent, tout en exerçant son influence; car c'est le propre d'un bon gouvernement d'agir beaucoup en paraissant ne rien faire ; de susciter les initiatives individuelles en voilant la sienne ; d'être partout sans se montrer nulle part ; art difficile que celui dont nous parlons possédait à un degré remarquable ; aussi imprima-t-il autour de lui une direction que ses successeurs n'eurent qu'à soutenir.

Si absorbante qu'elle fût, cette œuvre ne suffisait pas à son zèle. Il avait trouvé moyen d'en greffer sur elle plusieurs autres, spécialement l'apostolat des hommes de labeur, et la première communion de ces pauvres jeunes filles attardées dont Paris fourmille. Son cœur avait passé tout entier dans ce multiple apostolat. Pouvait-on le lui ravir sans y ouvrir une plaie profonde ?

Le jour vint pourtant où l'obéissance religieuse lui dit : « Quittez ce que vous aimez et venez inaugurer une autre existence. » L'ordre ne l'étonna point, mais lui imposa une dure mortification, car pour être à Dieu uniquement, l'âme du religieux n'est pas de marbre ni de bronze. Dans des notes secrètes rédigées sous l'œil de Dieu seul, nous trouvons la trace de la douleur que lui apporte ce sacrifice. Il sort de sa voie professionnelle pour entrer dans une autre qui lui est encore inconnue. Ces chaires de Paris où il lui faudra monter, comment vont-elles l'accueillir ? Cette direction à donner aux âmes sur un plus vaste théâtre ; cette supériorité même à exercer sur des Pères vénérés, dont plusieurs sont des vétérans de l'apostolat, tout l'inquiète et effraie sa modestie.

Digne fils d'Ignace, ne redoutez pas le poste qui vous attend, car c'est là que votre ministère va prendre son plein essor et que vous-même vous allez donner votre mesure.

Les milieux mondains, il les a vus de près ; à lui vont accourir les âmes avides de vérité, celles que trahit la faiblesse ou que la douleur accable ; tandis que les Samaritaines lui demanderont l'eau vive qui rafraîchit, les scribes et les docteurs assiégeront son seuil pour trouver près de lui la lumière. Qui dira cette prodigieuse activité faisant face à toutes choses ; cette égalité d'humeur persistant à travers toutes les tristesses ; cette possession de lui-même dans les dérangements qui morcellent sa vie ; cet accueil gracieux aux innombrables interruptions qui la dévorent ? Relever les cœurs abattus, raffermir les consciences troublées, tendre la main à ceux qui tombent, montrer à ceux qui marchent le chemin le plus sûr et le plus court ; voilà son occupation de toutes les heures. En chaire, au confessionnal, au milieu des anciens élèves dont il dirige les réunions, comme parmi les Enfants de Marie qu'il évangélise, c'est toujours exclusivement l'homme de Dieu, mais l'homme de Dieu avenant et aimable qui se donne au prochain, comme il se donne à Jésus-Christ, je veux dire avec cette gaieté, cet entrain qui rassérène les fronts les plus sombres. Se doutait-il alors que par cette abnégation de tous les moments, Dieu le préparait à la suprême immolation ?

Toujours est-il que ses désirs s'étaient accrus ; qu'il constatait déjà en lui-même cet ennui de l'exil qui dort au fond des âmes éprises de l'éternité. A propos d'une vie qui s'éteignait embaumée de tous les parfums de la vertu religieuse, il s'était écrié du fond de sa retraite : « Qu'elle est belle la mort de celui dont le cœur pur est livré au Saint-Esprit ! Ne peut-on pas dire de lui que sa patience s'exerce à vivre et que ses délices sont de mourir, *patienter vivit et delectabiliter moritur ?* » A mesure que l'horizon s'obscurcit il ne craint par de dire à Dieu : « Que m'importent les souffrances si je puis être à vous ? » C'est peu de les mépriser, il les appelle, il en a soif. Permettez-moi plutôt un souvenir personnel.

C'était en 1869. Le P. Olivaint était attendu pour un ministère en province, quand des bruits sinistres commencent à circuler, faisant présager la possibilité d'une émeute. Il me fait appeler et me dit : « Mon Père, vous partez à ma place. On dit qu'il pourrait y avoir des coups de fusil à Paris ; s'il y en a, j'en veux. »

Oui, il en voulait, du moment qu'ils seraient tirés contre les serviteurs du Christ et de sa religion. Aussi quand un de ses enfants les plus chers, élève de votre collège, eut succombé victime d'une brutale trahison dans une manifestation toute pacifique, le P. Olivaint, en arrosant le cercueil de ses larmes, ne pouvait s'empêcher d'envier le sort du vaillant jeune homme. N'est-ce point sous une autre forme l'épisode si connu du diacre saint Laurent se plaignant au pontife saint Sixte de ne pouvoir le suivre à la mort. Ici les rôles sont intervertis et c'est le disciple qui dit au prêtre : « Consolez-vous, Père vénéré, ce qui vous attend c'est un triomphe encore plus glorieux; le jour n'est pas loin où vous me suivrez dans la voie que mon sacrifice vient d'ouvrir. » Olivaint en a l'intuition. « Nous traverserons, dit-il, un bain de sang (1); mais si la tête tombe, ce ne sera qu'avec la permission du Père céleste. »

Veillant à la sûreté des siens, le bon pasteur les a dispersés; et lui-même doit aussi se mettre à l'abri pour être en état de communiquer avec tous. C'était sa première pensée; mais au moment de la mettre à exécution il sent en lui-même une opposition invincible.

« Eh quoi ! se dit-il, quand un navire est menacé du naufrage le capitaine quitte-t-il son bord, et n'est-il pas le dernier à profiter du sauvetage (2). » Sa résolution est prise; à celui qui se flattait d'être au poste du péril, il se déclare décidé à ne se substituer personne. « C'est ici qu'est le danger, lui

1. *Vie*, p. 417.
2. *Vie*, p. 434.

dit-il, je suis supérieur, je dois, je veux rester (1). » Toutes les considérations qu'on lui présente, toutes les supplications qu'on lui adresse viennent échouer contre le roc d'une résolution désormais inébranlable. Ne croyez pas qu'il s'illusionne sur la proximité de la menace. « Nous serons probablement, écrit-il, arrêtés demain ou après-demain (2). » Quel sang-froid ! quelle noble assurance ! Quoi ! vous connaissez leurs desseins hostiles et vous ne les prévenez pas ! Ignorez-vous l'issue fatale que peut avoir cette arrestation, vu la haine qu'on porte à votre caractère ?

Non, il ne l'ignore pas, mais il s'est dit à lui-même : « Le meilleur acte de charité que nous puissions faire, n'est-ce pas de donner notre vie pour Jésus-Christ ? (3) » D'ailleurs, ce n'est pas la religion seule qui parle dans son cœur, mais aussi le plus pur patriotisme : « Il faut à la France le rachat par le sang (4). » Ce sang de l'expiation où le trouverait-on plus prêt à s'épancher que dans les veines du prêtre et en particulier du Compagnon de Jésus ? Nous l'avons vu, il y a longtemps que celui d'Olivaint brûle de couler pour une si belle cause ; et puisque l'occasion lui en est offerte, comment hésiterait-il à la saisir avidement ?

1. *Vie*, p. 434.
2. *Vie*, p. 433.
3. *Vie*, p. 435.
4. *Vie*, p. 431.

Inutile de refaire un récit qui est dans toutes les mémoires. Pour le P. Olivaint la prison est le vestibule de la mort, la préparation immédiate au martyre. Il se plonge de nouveau dans ces grands Exercices de saint Ignace par lesquels a débuté sa vie religieuse. Comme ils deviennent lumineux dans ce silence de Mazas ! Comme ils parlent à son âme en présence des menaces suspendues sur sa tête! Il avait craint d'abord qu'on ne lui laissât pas finir sa retraite; et voilà qu'elle se prolonge bien au delà du terme normal. Après la série des mystères du Christ, c'est le Saint-Esprit qui l'occupe, c'est lui qu'il invoque. Avant de descendre dans la lice, l'athlète se retrempe dans le bain fortifiant de la prière, il a soin d'oindre ses membres de cette huile salutaire de la grâce dont la source s'ouvre sur lui au milieu de ses pieuses réflexions.

Mais pourquoi ces citoyens paisibles ont-ils donc été arrachés à leur demeure et constitués captifs ? Est-ce pour avoir été les jours de combat relever, au péril de leur vie, les blessés au champ de bataille, ou pour avoir consacré jusqu'à leur dernière obole à les soigner dans leurs ambulances ? Ils sont prêtres de Jésus-Christ ; voilà leur crime irrémissible ; on n'en articulera point d'autre ; ce sont, dit-on, des otages ; non, ce sont des victimes ; et dès le premier moment ils ont pu dire avec l'Apôtre : *Æstimati sumus sicut oves occisionis,* nous sommes des brebis sans défense réservées à l'immolation. Il faut un motif pour tuer un agneau, il n'en faut pas pour mettre à mort un prêtre. Ces hommes sont religieux, ils appartiennent à la Compagnie de Jésus, n'en est-ce point assez ? De même que les magistrats et les représentants de l'ordre sont sacrifiés à l'idole de l'anarchie, eux deviendront la proie d'une fanatique impiété. Telle sera la signification de la sanglante hécatombe.

Si quelque doute avait pu subsister encore, les outrages au caractère sacerdotal qui escortèrent les pauvres prisonniers dans leurs migrations diverses feraient disparaître toute hésitation. Doux P. Ducoudray, et vous, généreux P. Olivaint, vous vous rencontriez pour répéter la devise apostolique : *Ibant gaudentes;* vous aussi, vous vous réjouissiez à bon droit sachant que ces opprobres pleuvaient sur vous à cause du nom de Jésus : *Quoniam digni habiti sunt pro nomine Jesu contumeliam pati.* Ils marchent allégrement portant le poids du mépris qu'ils partagent avec le divin Maître. Le P. Olivaint sous les verroux n'a rien perdu de la sainte hilarité qui accompagne tous ses actes ; témoins ces lettres du captif où l'on retrouve son entrain habituel, *hilarem datorem.* Aussi bien le Dieu de l'Eucharistie a franchi, sous un déguisement ingénieux, le seuil de la prison, qu'il a, selon l'expression du P. Clerc, transformée en chapelle. Il va rester jusqu'à l'heure suprême avec ceux qui ne sont là que parce qu'ils lui appartiennent de nom et de fait.

Dans la prison même des condamnés, d'autres pensent encore à la délivrance. Un vœu a été proposé et accepté par tous les prêtres pour le cas où ils auront pu échapper à la mort (1). Pierre Olivaint n'a pas refusé de s'y associer, mais dans son cœur, c'est un autre affranchissement qu'il attend et qu'il aperçoit. Pensez-vous que cette perspective d'une fin imminente ait altéré sa sérénité? Un témoin irrécusable atteste que s'étant entretenu avec lui l'espace de vingt minutes, la veille de sa mort, il l'a trouvé gracieux, le sourire aux lèvres ; *son visage,* dit-il, *était idéal et sa parole celle d'un ange* (2).

Point d'illusion, mais point d'exaltation. Le P. Clerc lorsqu'il entrevoit que tout pourra bien finir par le martyre, se laisse aller à un transport de joie; c'était pour lui une fortune inespérée. Olivaint y songe depuis longtemps ou plutôt il n'a cessé d'y aspirer ; au moment de saisir la palme, il demeure dans son naturel, sans agitation comme sans défaillance. Entendez-le disant à un Père de cette maison qui partage sa captivité : « Hier, deux des nôtres sont partis au ciel; aujourd'hui c'est notre tour; ne nous séparons pas sans nous

1. *Vie*, p. 471.
2. *Vie*, p. 471.

embrasser (1) ; » et ils se jettent au cou l'un de l'autre. Quelle scène ! et comme elle serait faite pour tenter le talent d'un grand artiste ! L'athlète est prêt pour la lutte. Il peut dire avec l'Apôtre : *Ego... jam delibor et tempus resolutionis meæ instat* : Le temps de ma destruction approche et la victime a déjà reçu les libations du sacrifice. Ne croyez pas qu'il soit travaillé par le regret de la vie. « Mieux vaut mourir, avait-il écrit, que de voir le triomphe de l'erreur et de l'iniquité sur la terre... Quelle plus heureuse mort que de succomber dans le dévouement au service du bien, de la vérité, de l'Église et de Dieu ? » Ah ! Seigneur, vous lui avez accordé l'objet de son désir ; ce vœu si souvent formulé dans son cœur, et si souvent venu sur ses lèvres, ne sera point déçu : *Desiderium animæ ejus tribuisti ei et voluntate labiorum ejus non fraudasti eum.*

Vous savez le reste. La sanglante semaine avance dans son cours et déjà elle a fait tomber les plus illustres têtes. On est arrivé au vendredi, jour consacré par les souvenirs de la Passion. Le soir, dans les sombres corridors de la Roquette, une voix sinistre a retenti : c'est celle de la mort qui appelle ses victimes. Comment Olivaint ne serait-il pas la première ? Tant de titres le signalent spécialement à la rage de ses farouches persécuteurs ! Le voilà qui

1. *Vie*, p. 471.

prend la tête de cette phalange des condamnés et part avec eux pour son Golgotha. Bien-aimés Pères des âmes, avant que vous quittiez ce seuil que vous ne reverrez plus, laissez-moi m'écrier, avec saint Jean Chrysostôme : « Que de prisons vous avez sanctifiées! que de traitements indignes vous avez subis ! que de malédictions vous avez essuyées ! *Quot carceres sanctificastis! quot tormenta sustinuistis! quot maledicta tolerastis! quomodo Christum portastis!* (Chrys., ap. Metaphrast.), mais aussi avec quelle sainte dignité vous portiez le Christ en votre personne ! » La dernière étape que vous allez franchir ne sera pas moins glorieuse que les précédentes ; que dis-je ? elle va assurer à jamais vos mérites devant Dieu et devant les hommes.

Les suivrons-nous dans cette voie douloureuse où ils s'engagent ? En y entrant, Olivaint s'est dépouillé de sa dernière affection, son bréviaire, qu'un officier brutal a jeté au feu et qu'on nous rend ensuite à demi consumé. Ils avancent parmi les cris de mort, sous les imprécations et les blasphèmes d'une populace avinée. La route est longue, les hésitations sur le théâtre du massacre multiplient les retards ; comme pour le Maître adoré c'est une agonie de trois heures ; mais ne craignez point, celui dont je parle, toujours serein, toujours vaillant, soutient de son bras vigoureux l'un de ses frères, que la lassitude et les infirmités font chanceler dans sa marche. Enfin on aborde cette cité qui, une fois empourprée de ce sang généreux, va changer de nom, de destination et de caractère, lieu d'horreur qui devient un lieu sacré, murs témoins d'une affreuse boucherie, qui sont déjà un but de pèlerinage.

Au lieu de considérer ces corps qui tombent lacérés et sanglants, voyez plutôt les âmes qui s'envolent glorieuses.

Cette fin est bien celle qu'Olivaint a toujours ambitionnée. Ce qu'on a frappé en lui, ce n'est pas l'homme, mais le ministre de Dieu, ou plutôt le nom de Jésus qui s'incarnait en quelque sorte dans le fils d'Ignace. Les bourreaux ne s'en cachent pas ; ce qui les irrite, c'est cette prédication qu'ils voudraient faire taire, ce souvenir du devoir chrétien que leur rappelle la robe du prêtre ; le bien même qui leur est fait, s'il passe par des mains sacerdotales, leur devient odieux. De même qu'ils ont cru tuer la loi en immolant ceux qui la représentent, ils voudraient noyer à jamais le christianisme dans le sang de ses ministres. Cherchez d'autres motifs à ce carnage, vous n'en trouverez pas. Jusqu'au dernier moment, la passion antisociale et la fureur antireligieuse ont marché côte à côte. Et parce que la seconde est pire encore que la première, ne vous étonnez pas qu'on s'acharne davantage contre la personne du prêtre et même contre son cadavre.

Au moment où les quarante martyrs de Sébaste allaient expirer dans les tortures, on vit descendre du ciel des anges qui tenaient à la main autant de couronnes qu'il y avait de saintes victimes. Le même fait, soyez-en sûrs, s'est renouvelé le 26 mai 1871 sur ce champ funèbre de la rue Haxo. Ce que nous demandons, c'est que, par la voix de son Église, Dieu nous rende sensible à tous le message accompli ce jour-là par les envoyés d'en haut.

Voici, en attendant, qu'après un quart de siècle, l'ami et le père de votre École sort de la tombe où il repose au pied de l'autel pour reparaître au milieu de nous. Dans ces générations nouvelles qui peuplent aujourd'hui sa maison, va-t-il reconnaître les héritiers de ceux qu'il avait formés à son image ? Sont-ils vaillants comme l'élite de braves qui partait au premier signal des combats et allait verser son sang pour la France ?

Sont-ils forts dans la foi comme ces chrétiens intrépides qui tiennent si haut par leurs exemples et par leur zèle le drapeau du vieux Vaugirard ?

Enfants qui m'écoutez, soyez dignes de ces précurseurs. Si parfois la faiblesse naturelle menaçait de reprendre l'empire, une voix que vous reconnaîtrez aisément vous répétera sa formule favorite : Courage et confiance ! Courage pour vaincre en vous les obstacles à la vertu, et confiance pour ne point vous laisser alarmer par ceux que vous trouverez au dehors ; courage pour conquérir par le travail la place qui vous convient dans la société, et confiance pour ne point désespérer d'un monde où se préparent tant de ruines ; courage pour vaincre le mal par le bien, pour résister au torrent qui entraîne ou même à la persécution qui pourrait sévir ; confiance pour garder votre sérénité au milieu des tristesses, et mettre dans vos immolations cette joie qui, dès la vie présente, a fait briller sur le front d'Olivaint comme un reflet de l'éternité !

Tiré du frontispice du Commentaire sur Josué,
par le P. Magellan S. J. 1612.

www.ingramcontent.com/pod-product-compliance
Ingram Content Group UK Ltd.
Pitfield, Milton Keynes, MK11 3LW, UK
UKHW022140190726
13855UKWH00003B/1256

9 782013 040051